Mia stellt sich auf einen Tritthocker. So kommt sie gut an das Waschbecken heran. Ihr Papa wäscht Mias Gesicht mit einem Waschlappen.
Nach dem Waschen trocknen sich alle ab.

So bleiben die Zähne gesund

Damit die Zähne gesund bleiben, muss man sie zweimal am Tag putzen: morgens nach dem Frühstück und abends vor dem Schlafengehen.

Mia benutzt dafür eine Handzahnbürste. Ihre Mama gibt etwas Kinderzahnpasta auf die Bürste und hilft Mia beim Zähneputzen.

Ben putzt seine Zähne mit einer elektrischen Zahnbürste. Die Bürste dreht sich ganz schnell und befreit so die Zähne von Essensresten und Bakterien. Ben putzt die Außenseiten, die Innenseiten und die Kauflächen der Zähne. Eine Sanduhr zeigt ihm, wann er fertig ist. Danach spült er seinen Mund mit Wasser aus dem Zahnputzbecher aus.

Jeder muss mal!

Ben legt zuerst den Toilettensitz für Kinder auf die Klobrille. Wenn er auf der Toilette fertig ist, wirft er das benutzte Klopapier hinein. Dann drückt er auf die Spülung, und alles wird weggespült.

Mia geht stattdessen aufs Töpfchen. Danach machen ihre Eltern es wieder sauber. Und wenn doch mal etwas danebengeht, ist es auch nicht schlimm. Nachts trägt Mia noch eine Windel. Ihrem Teddy legt sie aber auch tagsüber eine Windelan.

Badespaß für alle

Badest du auch so gerne in der Wanne? Ben liebt es, im Wasser zu spielen. Beim Haarewaschen trägt er eine Schwimmbrille, damit kein Shampoo in die Augen kommt.

Zuerst macht Bens Papa die Haare nass. Dann verteilt er Shampoo, bis es schön schäumt. Nun hält Bens Papa den Duschkopf über die Haare und spült das Shampoo und den Schmutz aus.

Nach dem Waschen müssen die Haare wieder trocknen. Mit einem Föhn geht das ganz schnell. Dabei kann man sich tolle Frisuren machen. Mia probiert es schon mal an ihrer Puppe aus.

Pflege für die Haare

Was hilft bei strubbeligen Haaren? Na klar – Bürsten!

Damit es beim Bürsten nicht ziept, hält Bens Mama die Haare am Ansatz fest.

Weil die Haare ständig wachsen, müssen sie ab und zu geschnitten werden. Mia geht gerne zum Friseur. Das Haareschneiden tut nämlich überhaupt nicht weh.

Im Friseursalon sitzt Mia auf einem hohen Kissen. So kann sie sich gut im Spiegel ansehen. Wie findest du Mias neue Frisur?

Wasser marsch für dein Gesicht!

Rate mal, was Ben zuletzt gegessen hat! Genau - Nudeln mit Tomatensauce! Bevor er mit Bodo spielen kann, muss er sein Gesicht waschen.

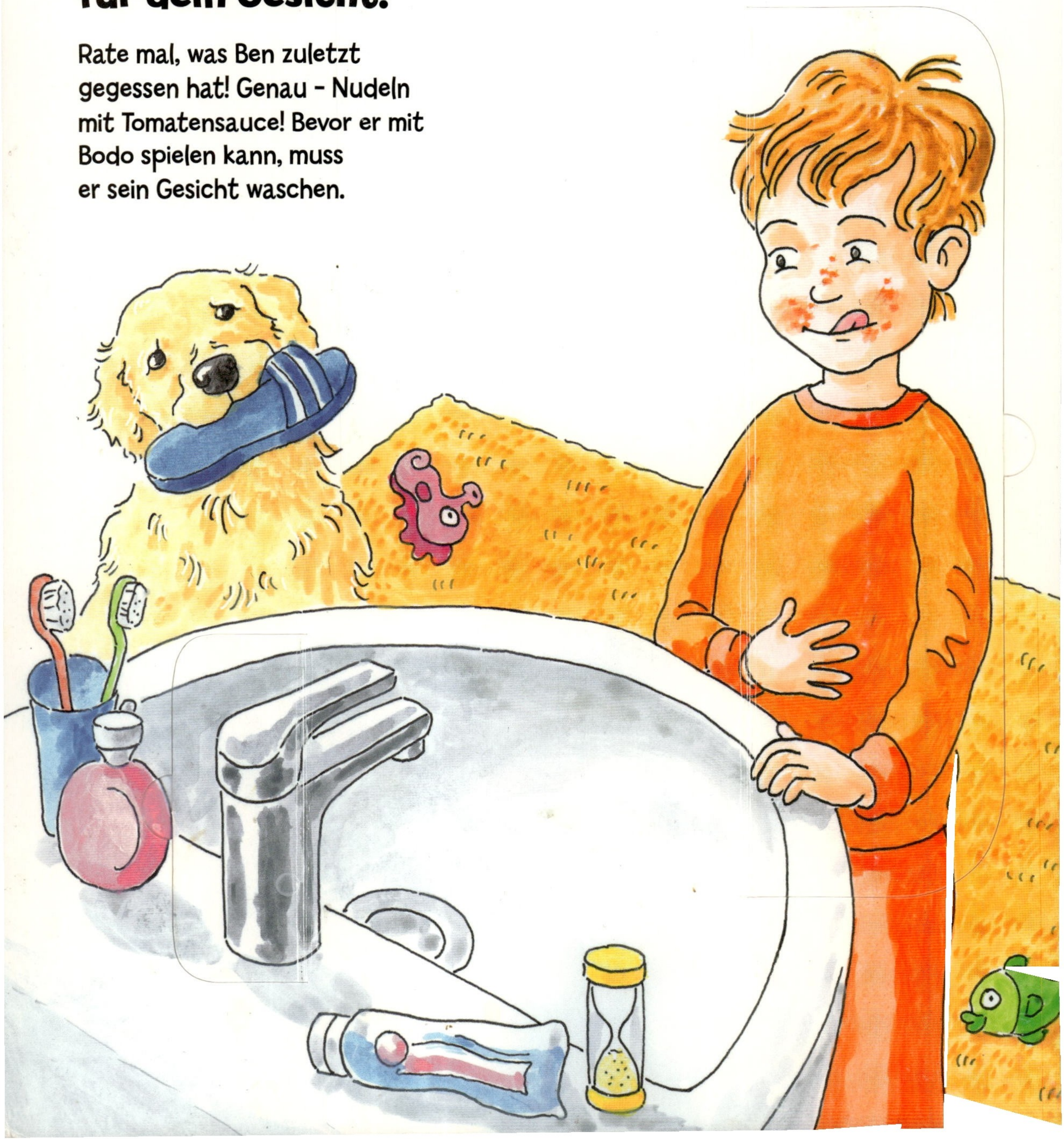

Die ganze Familie wäscht sich morgens und abends das Gesicht. Bei Mia hilft ihre Mama. Mit einem feuchten Waschlappen wäscht sie Mias Gesicht und ihre Ohren. Nach dem Schlafen wischt Mias Mama auch die Augen aus. Wenn Mia kräftig in ein Taschentuch pustet, wird ihre Nase sauber und frei. Nach dem Schnäuzen wirft sie das Tuch weg.

Schnipp, schnapp – Nägel ab!

Die Nägel an unseren Fingern und Zehen wachsen jeden Tag ein kleines Stück. Deshalb müssen wir sie regelmäßig schneiden. Bens Mama nimmt dafür eine Nagelschere, die vorne rund ist. Damit geht das Nägelschneiden ganz schnell.

Mias Papa kürzt seine Fingernägel mit einem Nagelknipser. Das kleine Gerät zwickt die Nagelspitzen einfach ab. Nach dem Nägelschneiden cremt Mia ihre Hände ein. Dann sind sie schön weich.

Jetzt wird's nass!

Je älter du wirst, desto mehr kannst du im Bad alleine. Hier siehst du, was du alles dafür brauchst – und außerdem jede Menge Sachen zum Spielen und Lachen. Weißt du, was Mia vorhat?